मतदान केन्द्र पर झपकी

केदारनाथ सिंह

राजकमल पेपरबैक्स

राजकमल पेपरबैक्स में
पहला संस्करण : 2018
दूसरा संस्करण : 2022

राजकमल पेपरबैक्स : उत्कृष्ट साहित्य के जनसुलभ संस्करण

राजकमल प्रकाशन प्रा.लि.
1-बी, नेताजी सुभाष मार्ग, दरियागंज
नई दिल्ली-110 002
द्वारा प्रकाशित

शाखाएँ : अशोक राजपथ, साइंस कॉलेज के सामने, पटना-800 006
पहली मंजिल, दरबारी बिल्डिंग, महात्मा गांधी मार्ग, प्रयागराज-211 001
36 ए, शेक्सपियर सरणी, कोलकाता-700 017

वेबसाइट : www.rajkamalprakashan.com
ई-मेल : info@rajkamalprakashan.com

बी.के. ऑफसेट
नवीन शाहदरा, दिल्ली-110 032
द्वारा मुद्रित

मूल्य : ₹ 125

MATDAN KENDRA PAR JHAPAKI
Poems by Kedarnath Singh

ISBN : 978-93-87462-88-5

केदारनाथ सिंह

केदारनाथ सिंह का जन्म सन् 1934 में बलिया, उत्तर प्रदेश के चकिया गाँव में हुआ। आरम्भिक शिक्षा गाँव में, बाद की शिक्षा हाईस्कूल से एम.ए. तक वाराणसी में। *आधुनिक हिन्दी कविता में बिम्बविधान* विषय पर सन् 1964 में पी-एच.डी. प्राप्त की।

विधिवत् काव्य-लेखन सन् 1952-53 के आसपास शुरू हुआ। कुछ समय तक बनारस से निकलनेवाली अनियतकालिक पत्रिका *हमारी पीढ़ी* से सम्बद्ध रहे।

पहला कविता-संग्रह *अभी, बिलकुल अभी* सन् 1960 में प्रकाशित। उसी वर्ष प्रकाशित *तीसरा सप्तक* के सहयोगी कवियों में से एक।

पेशे से अध्यापक रहे केदारजी के कार्यक्षेत्र का प्रसार महानगर से ठेठ ग्रामांचल तक रहा। सन् 1976 से 1999 तक जवाहरलाल नेहरू विश्वविद्यालय के भारतीय भाषा केन्द्र में अध्यापन और सम्प्रति उससे प्रोफेसर एमिरिटस के रूप में सम्बद्ध रहे।

वे अनेक पुरस्कारों से सम्मानित हुए जिनमें प्रमुख हैं : ज्ञानपीठ पुरस्कार, साहित्य अकादेमी पुरस्कार, व्यास सम्मान, मैथिलीशरण गुप्त सम्मान (मध्यप्रदेश), कुमारन आशान पुरस्कार (केरल), दिनकर पुरस्कार (बिहार), जीवन भारती सम्मान, भारत भारती सम्मान, गंगाधर मेहर राष्ट्रीय कविता सम्मान (उड़ीसा), जाशुआ सम्मान (आन्ध्र प्रदेश) आदि।

कई विदेशी तथा प्राय: सभी प्रमुख भारतीय भाषाओं में कविताओं के अनुवाद। फ्रेंच तथा इतालवी में *बाघ* शीर्षक लम्बी कविता के अनुवाद पुस्तकाकार प्रकाशित।

प्रकाशित कृतियाँ : अभी, बिलकुल अभी, ज़मीन पक रही है, यहाँ से देखो, अकाल में सारस, उत्तर कबीर और अन्य कविताएँ, तालस्ताय और साइकिल, बाघ, सृष्टि पर पहरा, मतदान केन्द्र पर झपकी, प्रतिनिधि कविताएँ (काव्य-संग्रह)। कल्पना और छायावाद, आधुनिक हिन्दी कविता में बिम्बविधान, मेरे समय के शब्द, कब्रिस्तान में पंचायत (गद्य-कृतियाँ) तथा मेरे साक्षात्कार (संवाद)।

निधन : 19 मार्च, 2018

कवि द्वारा स्वयं तैयार की गई
अन्तिम पांडुलिपि

अनुक्रम

मतदान केन्द्र पर झपकी

अबकी वोट देने पहुँचा
तो अचानक पता चला
मतदाता सूची में
मेरा नाम ही नहीं है
किसी से कुछ पूछूँ कि मेरे भीतर से
आवाज़ आई—
उज़बक की तरह ताकते क्या हो
न सही मतदाता सूची में
उस विशाल सूची में तो हो ही
जिसमें वे सारे नाम हैं
जो छूट जाते हैं बाहर

बाहर निकला
तो निगाह पड़ी सामने खड़े पेड़ पर

सोचा—वह भी तो नागरिक है इसी मिट्टी का
और देखो न मरजीवे को
खड़ा है कैसा मस्त मलंग!

मैं पेड़ के पास गया
और उसकी छाँह में बैठे-बैठे
आ गई झपकी
देखा—पेड़ के नेतृत्व में
चले जा रहे हैं बहुत पेड़ और लोग
जिसमें शामिल हैं—
बड़
पाकड़
गूलर
गंभार
मसान काली का दमकता सिन्दूर
चला जा रहा था आगे-आगे
कि सहसा एक पत्ती के गिरने का
धमाका हुआ
और टूट गई नींद
मैंने देखा
अब मेरी जेब में मेरा अनदिया वोट है
—एक नागरिक का अन्तिम हथियार—

मैंने ख़ुद से कहा
अब घर चलो केदार
और खोजो इस व्यर्थ में
नया कोई अर्थ।

पानी

मैं घोषित करता हूँ
कि पानी
मेरा धर्म है
आग मेरा वेदांत
हवा से मैंने दीक्षा ली है
घास-पात मेरे सहपाठी
रास्ता मेरा देवता है
मकई मेरा कल्पवृक्ष
भागड़नाला मेरी गंगा

इस तरह यह वृद्ध शिशु
दुनिया के चौराहे पर
खड़ा है चंगा।

बकरी और गांधी

वह एक अजीब जीव है
देती ही देती है
माँगती कुछ नहीं
चीर दो
फाड़ दो
कुट्टी-कुट्टी कर दो
उसके दुधमुँहे बच्चे
कहती कुछ नहीं
बस ताकती रहती है

बकरी और गांधी का
यह उदात्त रूपक
चाहे जितना उदात्त हो
ऐसे नहीं चलेगा

कुछ करो
कुछ तो करो मेरे लोगो,
छूकर देखो मेरी ठुड्डी
मेरा ललाट
अगर दे सको तो बकरी को दे दो
एक सुबह
एक शाम
एक भरा हुआ पानी का जाम
दे दो उसे
वह जी जाएगी
गांधी जी जाएँगे
दुनिया जी जाएगी।

फूल हँसेंगे और गिर पड़ेंगे

मेरा होना
सबका होना है
पर मेरा न होना
सिर्फ़ मेरा होगा

सारे दिन भर जाएँगे
मेरे न होने से लबालब
फूल हँसेंगे
और गिर पड़ेंगे मेरे हाथ से
किसी बीमार के सिरहाने
धूल उड़ेगी दुनिया में
बिना घर
बिना पते के
बिना वीसा

बिना पासपोर्ट के
चलता रहेगा ब्रह्मांड में
आत्माओं का कारोबार
सबकी करेंसी हो जाएगी लय
हवा की करेंसी में

और किसी डाल पर बैठा
एक परिन्दा गाएगा
मीर का एक मिसरा—
'मैं और
यार और
मेरा कारोबार और!'

माचिस लाना भूल न जाना

उठो कि धूप हो गई ठंडी
तुम्हें बुलाती सब्जी मंडी
सुनो कि क्या कहती है 'चिड़िया'
कल पत्नी का व्रत है पिड़िया*
देर करो मत, ले लो थैला
आसमान हो चला धुमैला
हवा अगर कम है साइकिल में
रखो भरोसा अपने दिल में
बिना हवा के देश की साइकिल
चली जा रही—क्या है मुश्किल
पहुँचा दे जो रस्ता—चुन लो
पर घर की यह बात भी सुन लो
दुनिया को है अगर बचाना
माचिस लाना भूल न जाना।

---

* पूर्वी उत्तर प्रदेश में स्त्रियों का एक त्योहार।

करोड़ों साल पुरानी

मेरे मित्र असंख्य हैं
और शत्रु कोई नहीं

पर सुनो
मेरे ज्ञात-अज्ञात अरबों-खरबों
ब्रह्मांड-भर मित्रो—
यह ब्रह्मांड करोड़ों साल पुरानी
एक जर्जर बैलगाड़ी है
जिसकी धुरी को
मरम्मत की ज़रूरत है!

एक इन्सान

उन्हें यह दुनिया पसन्द नहीं थी
ये सड़कें-चौराहे
रेल का धुआँ
ये आदमियों के नाम
उनसे धुएँ की तरह
निकलती उपाधियाँ
ये बी.ए.
एम.ए.
ये स्कूल-कॉलेज
उन्हें कुछ भी कुछ भी
पसन्द नहीं था
सारे ज़हर को पी लिया था उन्होंने
डॉक्टर की दी हुई दवाई समझकर
एक अजब-सी हँसी उनके दो टूटे हुए दाँतों के बीच

दबी थी
एक विकट अँधेरा अहसास था वह
जिसे हमा-शुमा
उनकी हँसी समझते थे
उन्हें सारे महाकाव्यों और नायकों के विरुद्ध
एक काला भैंसा ज़्यादा ज़रूरी लगता था
जो रौंद सकता था
सारे बाज़ार को
लोकतंत्र की विशाल इमारत में
उनकी आँखों ने देख लिया था
एक यहाँ छेद

एक ऐसे अनफिट इन्सान थे वे
कि अँट नहीं सकते थे
किसी कहानी में
सो सारी दुनिया उनको
दिखती थी
पानी में।

कालजयी

कहना चाहता था
बहुत पहले
पर अब जबकि क़लम मेरे हाथ में है
कह दूँ—
जो लिखकर फाड़ दी जाती हैं
कालजयी होती हैं
वही कविताएँ।

सज्जनता

यह जीवन
खोई हुई चीज़ों का
एक अथाह संग्रहालय है
जिसका दरवाज़ा खोलते
मुझे डर लगता है

मुझे साँप से
डर नहीं लगता
अँधेरे से डर नहीं लगता
काँटों से
बुझती लालटेन से
डर नहीं लगता

पर सज्जनो,
मुझे क्षमा करना
मुझे सज्जनता से
डर लगता है!

करना क्षमा कि याद नहीं

करना क्षमा कि याद नहीं
कितने दिन बीते
बिना इजाज़त इस धरती—
इस महादेश की
रोटी खाते
पानी पीते

चलते-चलते
यहाँ पहुँचकर
महादेश की महासड़क पर
दूर-दूर तक देख रहा हूँ
रोटी महँगी
पानी दुर्लभ

महादेश की सारी नदियाँ
सूखेपन से भरी लबालब

सोच रहा हूँ—
चाहूँ तो क्या बन जाऊँगा
किसी की रोटी
किसी का पानी!
फिर इस जीने के क्या मानी?

दिन ये ज्यों
छिलकों से छूटा
अंगारों पर भुनता भुट्टा!

ख़ून

वह नसों में बहते-बहते
थक गया है
कभी पीटता है किवाड़
तो डॉक्टर बुलाना पड़ता है
ज़रा सोचिये तो सही
उसे लाखों-करोड़ों मीटर की लम्बी यात्रा
रोज़-रोज़ करनी पड़ती है हमारे शरीर में
और शरीर है कि सब सहता है चुपचाप
जब हम चलते हैं
चलता वह है
और हमें लगता है हम चल रहे हैं
यह एक एवजी काम है
जो करता है वह
और अब वह करते-करते थक गया है

ढाई अरब देहों में
छोटे-छोटे सूक्ष्म जीवकोषों की यात्रा
अनवरत जारी है
कभी-कभी लगता है एक सामूहिक थकान
झेल रहा है वह
जैसे लाखों बरसों की एक कड़ियल चट्टान
रखी है उसके कन्धों पर
जाना कहाँ है—पहुँचाना कहाँ है
इससे बेख़बर सिर्फ़ चल रहा है वह

पृथ्वी के सारे ख़ून एक हैं
एक ही यात्रा में
एक ही पृथ्वी-भर लम्बी देह में
दौड़ रहे हैं वे
नहीं—विश्राम उन्हें नहीं चाहिए
सीरिया में जो टपकती है बूँद
उसे सुनती है मेरे गाँव के
बच्चे की धड़कन
अरबों धड़कनें एक ही लय में
घुमा रही हैं दुनिया को
हर ख़ून
हर ख़ून से बतियाता है!

वसीयतनामा

मेरी खाल दे दी जाए
किसी खेत को
कविताएँ कर दी जाएँ प्रवाहित
किसी नाले में
कौओं को दे दिया जाए निमंत्रण
कि आवें और छज्जे पर बैठकर
काँव-काँव करें
मेरा कुर्ता किसी पेड़ को
दे दिया जाए
कमीज़ किसी झाड़ी को
मेरी चिट्ठियाँ भेज दी जाएँ
किसी और पते पर
किसी और का नाम लिख दिया जाए
मेरे नाम की जगह

मेरा बिस्तर दे दिया जाए
किसी बेबिस्तर पड़ोसी को

जो कहता हूँ
सो मैं कहता हूँ
पर जो नहीं कहता
वह पत्थरों को दे दिया जाए
कि शायद...शायद...
कुछ बोलें।

चौदह पंक्तियाँ

माथा झुका खुली हैं आँखें
पक्षी माँग रहा है पाँखें
करना क्षमा कि बीच सभा में
नंगे पाँव चला आया मैं
जिह्वा चुप झुर्रियाँ बोलतीं
पत्ते थिर हैं जड़ें डोलतीं
जीता हूँ—अपराध-मना हूँ
किसी ठूँठ का सख़्त तना हूँ
देर लगी पर यहाँ पहुँचकर
सोच रहा हूँ खड़ा निरुत्तर
जीवन जीना खेल नहीं है
तन से मन का मेल नहीं है
जलने दो—जलने दो बाती
जलन बहुत है तेल नहीं है!

खुरपी

मैंने देखा
खेत के बीचोबीच हराई में निहत्थी
पड़ी है एक खुरपी

मुझे लगा
आज रात
आदमी ने एक खुरपी पर डाल दिया है
दुनिया की रक्षा का
सारा दायित्व!

उद्दाम संगीत

कौए भी उड़ते हुए
सुन्दर लगते हैं
राख में भी छिपी रहती है
एक ज़िद्दी आग
मक्खी में भी होती है
एक उद्दाम लालसा
अगर बैठी हो थूक पर
सुबह के काँव-काँव में भी
मैंने सुना है जीवन का
उद्दाम संगीत

पर मृत्यु के सौन्दर्य पर
संसार की सर्वोत्तम कविता
अभी लिखी जानी है।

कितने बरस लगते हैं

मैंने तेज़ धूप में
ताज़ा कटे हुए गन्ने की जड़ से
एक गाढ़े स्वाद को
टपकते हुए देखा है
देखी है ट्रकों की क़तारें
अपनी पारी के इंतज़ार में
मिल के धुएँ की ओर
एकटक ताकती हुई

मैंने देखे हैं रस के कड़ाह
और उनमें तैरती हुई
बच्चों की
बूढ़ों की आँखें
मैंने इतनी बार देखा है

और इतने पास से
कि रस की आँच पर
थोड़ा-थोड़ा सींझा हूँ
खौला हूँ मैं भी

हर बार सींझकर
घर लौटते हुए
सारे श्वास-तंत्र की ताक़त बटोरकर
मैंने बारहा पूछा है
और क्षमा करें भद्रजन
यदि फिर पूछ रहा हूँ
मेरे देश की एक गाड़ी को
कितना समय लगता है
मिल के आख़िरी काँटे तक पहुँचने में

मेरे देश के एक हाथ को
एक खुले हुए भूखे मुँह तक पहुँचने में
कितने बरस लगते हैं?

मिथक

वह एक छोटी-सी
बटन-भर समस्या थी
जिसने मुझे कर दिया था अस्त-व्यस्त

कुर्ते का बटन टूट गया था
और मुझे जाना था
शहर की एक बड़ी सभा में

क्या हुआ—मैंने स्वयं से कहा
न सही बटन
कुर्ता तो है
मैंने देखा है गाँव में बड़े-बूढ़े चले जाते थे बारात
बिना बटन का कुर्ता पहने

नहीं—यहाँ नहीं चलेगा
कहा मेरे मित्र ने
फिर तुम एक सम्भ्रान्त व्यक्ति हो
तुम्हारे कुर्ते में बटन
होना ही चाहिए

यह सम्भ्रान्त क्या होता है
पूछा मेरे भीतर के रक्त-किसान ने
फिर यह मेरे सफ़ेद बाल
मेरी पकी हुई उम्र—
यहाँ पहुँचकर तो सारी चीज़ें हो जाती हैं
निरर्थक
बटन की तरह!

नहीं—नहीं
बटन का सवाल एक नैतिक सवाल है
जो होना ही चाहिए
तुम्हारे कुर्ते में—मित्र ने कहा

मैंने झल्लाकर
पहन लिया कुर्ता
और बोला—
चलो कुर्ताराम
आज चलते हैं सभा में
बिना बटन के
और तोड़ते हैं मिथक
सम्भ्रान्त होने का!

ज़िन्दा दर्शन

मौसम कोई हो
कहीं से भी देखो
दिख जाता था वह
थोड़ा थका—थोड़ा ऊबा हुआ
फसल से कम
अपनी धार से ज़्यादा

दुनिया बदल रही है—
कहता था वह
फिर एक हल्की-सी
धीमी-सी अपनी ही आवाज़
पहुँचती थी उसके कान तक—
'नहीं-नहीं!'

कभी-कभी तो एक पूरा महाभारत
दिख जाता था उसे
साँप और नेवले की छोटी-सी
लड़ाई में

दुनिया को देखने का
उसका यही ढंग था
यही दर्शन

वह ख़ुद
एक ज़िन्दा दर्शन था
जिसे देख रही थी
दुनिया!

अगर ध्यान से देखो

अगर ध्यान से देखो
तो लिपियों की अपनी बनावट में बन्द है
आदमी के हाथ का सारा इतिहास
मुझे हर अक्षर
किसी हाथ की पीड़ा का आईना लगता है
मुझे जादू की तरह खींचती है
दुनिया की किताबों में बन्द
वे सारी लिपियाँ
जिन्हें मैं पढ़ नहीं सकता
पर चीनी चित्रलिपि तो
धरती के गुरुत्व की तरह खींचती है
मेरी उँगलियों को
और मैं भूली हुई सरकंडे की क़लम के साथ
घुसना चाहता हूँ उसके भीतर

जैसे घुसा होगा खान में
पृथ्वी का सबसे पहला मजूर...

और अब यह कैसे बताऊँ
पर छिपाऊँ भी तो क्यों
कि मैं जो चला था बरसों पहले
एक छोटे से 'क' की उँगली पकड़कर
आज तक एक स्लेट में
चक्कर लगा रहा हूँ
'ख' तक पहुँचने के लिए—

दरवाज़े खुले रखो

दरवाज़े खुले रखो
वे लौट सकते हैं
उम्मीद मत रखो
बस उन्हें खुला छोड़ दो
दरवाज़ों का खुला होना
ख़ुद एक उम्मीद है
जो थामे रखता है नींव को
मैंने ईंटों से सीखा है
घर का व्याकरण
हालाँकि घर का हिसाब
आज तक समझ में नहीं आया
एक बार फेल हुआ गणित के पर्चे में
तो होता रहा फेल-दर-फेल
मैंने किसुन कोइरी से सीखा

कुदाल का अर्थ
मँगनी कुम्हार से
माटी का सौन्दर्य समझा
मेरे बहुत-से गुरु हैं
असंख्य उस्ताद
मैं हर पक्षी का शागिर्द हूँ
हर वृक्ष का छात्र
पहली किताब मैंने पुस्तक-विक्रेता से
नहीं
पेड़ से ख़रीदी थी
पत्तों के बजने से
मैंने सीखा था छंद
नफरत के विरुद्ध मैंने पहला पाठ
एक मक्खी से जाना था
जीने की उद्दाम लालसा
मैंने पायी उसी से
मैंने बहुत कुछ सीखा
सीखते-सीखते पक गए बाल
सोचता हूँ अख़बार में दे दूँ विज्ञापन
एक ऐसे गुरु के लिए
जो मुझे पढ़ा दे
दुनिया का पंचतंत्र।

इंटरव्यू

भूला नहीं हूँ
कि ब्रह्मांड नामक अख़बार का
संवाददाता हूँ
मुझे लेना है एक इंटरव्यू
किसके पास जाऊँ—कौन मिलेगा
सारी आवाज़ें गूँज रही हैं वायुमंडल में
क्या बुद्ध को खोजूँ
शुरू करूँ हिटलर से
कौन कहाँ मिलेगा
क़लम नहीं जानती कुछ भी
पर मैं यह जानता हूँ कि देर हो चुकी है
जानता हूँ कि ले भी लूँ
गांधी के बारे में मार्क्स का इंटरव्यू—
होगा क्या!

यहाँ सारे अख़बार बन्द हो चुके हैं
किताबों का छपना बन्द हो चुका है
टाइप बिखेर दिए गए हैं हवा में
और एक जरद्गव कम्पोजीटर
बैठा है प्रेस में
और प्रेस का कहीं पता नहीं
क्या करे संवाददाता
आख़िर ख़बर तो भेजनी ही होगी
किसको भेजूँ!
कहाँ भेजूँ!

देर हो चुकी है

देर हो चुकी है
हर काम के लिए अतल-अनन्त देर हो चुकी है
कुछ चुनूँ कुछ करूँ—देर हो चुकी है
लगता है असंख्य वर्षों से
एक अछोर सुनसान प्लेटफार्म पर बैठा हूँ
और देर हो चुकी है
अब हर शब्द एक वसीयत है
हर डग एक जन्म
जो मैं लेता जा रहा हूँ
अपने भीतर—अपने बाहर
अगर मैं तीर हूँ
तो उस लोकगीत की हिरनी का
विलाप भी मैं ही हूँ

जिसका बच्चा मारा गया

बच्चा कौन
मेरी ज़बान मौन।

प्यास-भर

बस प्यास-भर देना मुझे पानी
जिसमें जी लूँ कुछ पल

उतना-सा गड्ढा
जिसमें अँट जाऊँ मैं
एक तीली काफ़ी है मेरे लिए
और मैं भी क्या
एक पत्ता ही तो हूँ
जिसे पेड़ भूल चुका है

कभी-कभी जब देखता हूँ कुत्ते को
तो पलटकर ख़ुद को देखने लगता हूँ
इसे मेरी डिग्री की सूची में
शुमार कर लो

और काट दो मेरा नाम
अपने रजिस्टर से
लगता है जितना सम्भव था
उससे कुछ ज़्यादा जी गया
इस दंड के आगे
झुका देता हूँ सिर
और करता हूँ प्रतीक्षा
क्या इसी को कहते हैं
जीना...

अपना ठाट यही है

दिल्ली हो कि पनामा
अपना ठाट यही है
कुर्ता और पजामा।

अपनी तो यह होली
हिन्दी में घुल जाए
टुक भोजपुरिया बोली।

जलती दुपहरिया में
एक बाँस की पत्ती
चीख़ रही दुनिया में।

हम हैं तुम हो वे हैं
सब की छूट गई बस

सब चुपचाप खड़े हैं।

युग ही है कुछ ऐसा
हर पैदल लगता है
देवदूत के जैसा।

लगता मैं ही बाजा हूँ

तकता यों मुझको बाज़ार
होना मेरा जैसे उधार

गाँव से कल ही लौटा हूँ
अजब दृश्य देखा इस बार

लोग खड़े थे सड़कों पर
छोड़ के पीछे खेत-बघार
दिल्ली उखड़ी-उखड़ी है
सड़कें जाम बन्द सब द्वार
आज शहर कुछ ख़ाली है
क्या सब दुखिया गए बिहार
गायक-वादक सब चुप हैं

कुछ ऐसी बह रही बयार
लगता मैं ही बाजा हूँ
बजा रहा है मुझे सितार।

चोट लगना भी...

भूल जाना भी यहाँ प्यार-सा है
चोट लगना भी नमस्कार-सा है।
कैसी ये धुंध छा गई कि उन्हें
पेड़ भी लगता गुनहगार-सा है।
टुक पठा देना चिरइते का रस
शहर को इन दिनों बुखार-सा है।
होंठ पर ठिठका है कई दिन से
शब्द को मेरा इन्तज़ार-सा है।
वे कि जो छूट गए रस्तों में
उनका भी मुझ पे कुछ उधार-सा है।
ये मेरा दौर है—इस दौर को समझूँ कैसे
लगता दुश्मन भी ज़रा यार-सा है।
लोग कुछ जा रहे थे छोड़ शहर
देखा उनमें कोई केदार-सा है।

जैसे खाल की नई परत

ओ पृथ्वी
इस ढाल के नीचे
कहीं तुम्हारा धड़कता हुआ दिल है
और किसी राजा की राजधानी
और हज़ारों मन सोना
और बहुत-से पाँव
चलने के लिए बेचैन
और बहुत-सी हड्डियाँ
और असंख्य आत्माएँ
अपनी देहों को खोजती हुईं
और बहुत-सी नींवें
चीखतीं-चिल्लातीं
और ढेरों आत्माएँ
और हिनहिनाहटें असंख्य

किसी अस्तबल की दिशा में भागती हुई
और प्रहरियों की ऊब
और वेश्याओं की आँखों की डब-डब
और हर कील में
एक छिपा हुआ कारख़ाना
और हर अणु में
एक अदृश्य अणुबम

और पक्षी
फिर भी उड़ते हुए
और घासें फिर भी उगती हुई
जैसे घाव पर खाल की
नई परत...

कुछ पंक्तियाँ

शहर के पार जो दिखता है वो घर मेरा है
जो बसा ही नहीं अब तक वो शहर मेरा है

करोगे जितनी बार क़त्ल फिर उग आएगा
वही है आपका बाज़ू वही सर मेरा है

उन्हें मंज़िल की बधाई मुझे रस्ते पे ग़रूर
उसूल और सफ़र—और सफ़र मेरा है

बच गया है जो वहाँ सारे गुणा-भाग के बाद
उसे सँभालकर रखना वो सिफ़र मेरा है

दे दिया तुझको मुक्तिबोध—हँसके उसने कहा
मगर वो चुप्पा-सा शमशेर इधर मेरा है।

मूल्य

कहीं एक छिलका था
कहीं एक भुआ*
मैंने उन्हें छुआ
और मूल्य दे दिया

अब इतने बरस बाद
मुझे मूल्य तो याद नहीं
पर छिलका और भुआ
मुझे अब भी याद है।

---

* मकई शीर्ष पर उगा हुआ रेशा।

गड़ेरिया

सूर्यास्त से पहले
वह रोज़ अपनी भेड़ों की गिनती करता था
यह एक टोटका जैसा कुछ था
भेड़ों के देवता को ख़ुश करने के लिए
उसका विश्वास था
जब सबके देवता हैं
तो इन भेड़ों का भी देवता
ज़रूर कोई होगा
उसने एक बार झुककर
सूरज की ओर देखा
और शुरू कर दी गिनती...
एक
दो-
पाँच...सात...

कि यहाँ पहुँचकर
ठिठक गया वह
वह उतनी-सी जगह
रेवड़ में ख़ाली थी
उर्र...उर्र...
उसने भेड़ों की भाषा में आवाज़ दी
वहाँ एक भेड़ एक छौने को
जन्म दे रही थी
रक्त में लिथड़ा वह आधा गर्भ में था
आधा पृथ्वी पर
और भेड़
एक अश्रव्य कराह
और अथाह रोमांच के बीच
उसे देख रही थी
एक बबूल के नीचे
एक नये बोधिसत्व का
जन्म हो रहा था।

स्वर और व्यंजन

भंते,
अभी पूछना बहुत कुछ था
पर अचानक सोच में पड़ गया हूँ
इस सोच का क्या करूँ
कि यह जो मेरी हिन्दी है
जिसे मेरी जिह्वा प्यार करती है
असल में यह आपकी पाली ही है
जिसे मेरे पुरखों ने बोलते-बोलते
बना दिया है हिन्दी—
जिसका मैं एक अदना-सा कवि हूँ
इस महान देश का
एक अदना-सा नागरिक
इस नई सदी की चकाचौंध में
हैरान-परेशान कि जब मेरे बच्चे

पहुँचेंगे अगली सदी के
अगले मोड़ तक
तो इसके स्वर
क्या इसी तरह सटे रहेंगे
इसके व्यंजन से
और घास कहने पर दुनिया
घास ही समझेगी
कोई हत्यारा नहीं ?

लौटते हुए

लौटते हुए देखा
सड़क पर चला जा रहा एक जुलूस
एक पेड़ के नेतृत्व में
और बहुत सारे पेड़
और ढेरों लोग लगा रहे थे नारे
काले पीले सफ़ेद नारे
टकरा रहे थे आपस में
नारों में पेड़ों की शाखें भी शामिल थीं
काँटे और फूल भी
स्पष्ट कुछ नहीं था
न हाथ
न चेहरे
पर पृथ्वी के सबसे सटीक और सुन्दर नारे
टकरा रहे थे हवा में—

लौटा दो

हमें लौटा दो हमारे हाथ
चींटियों को लौटा दो उनके बिल
साँपों को उनके फूँकार
नदियों को उनका पानी
जंगलों को उनके घोटुल
जारवा को उनकी जबान
आँखों को उनकी झपकी
सेंहुड़ को उनके काँटे
बिच्छुओं को उनका विष
मुझे मेरा घर
मेरे घर को उसकी चौखट
चौखट को मेरे पाँव
मेरे पाँवों को
मेरा चलना लौटा दो
अभी भी समय है
बर्फ़ हूँ मैं
मुझे मेरा गलना लौटा दो...

चलना

ललाट को छूकर जाना
मैं कौन हूँ
किससे पूछना है
यह शब्द को तौलकर जाना
आँखों को देखने दिया
जितना दिख रहा था
कान जो सुन रहे थे
सुनते रहे देर तक
यह सब इस तरह हुआ
कि होना सार्थक लगा
लगा कि चलते रहो
जब तक चल सकते हो
जितना सूँघ सकते हो
सूँघो दुनिया

मत पीछे पड़ो
छूटे हुए के
वह चलता रहेगा साथ-साथ
जहाँ अलग होगा
वहाँ से शुरू होगा फिर से जीना
जहाँ पहुँचोगे
एक अलग दुनिया होगी
बोलना
देखना
छूना
सब बदल जायेगा
सिर्फ़ चलना
चलता रहेगा
उसी पर भरोसा करो
चलो... ।

बदल जाएगी दुनिया

बाँस से सुपली बनती है
या झाड़ू
लोग बाज़ार में झाड़ू खोजते हैं
और पहन लेते हैं कोट
कोट और झाड़ू
अगर दोनों जुड़ जायँ
बदल जाएगी दुनिया।

घर

जब अँधेरा घिर रहा था
आकाश में एक पंख हिल रहा था
एक पंख—
सिर्फ़ एक ही पंख काफ़ी था
आकाश को
उसकी गरिमा से भर देने के लिए
आँख को
उसका घर देने के लिए।

उसे याद नहीं

उसने प्यार किया था
बस इतना ही याद है
नहीं...नहीं—उसे होंठ भी याद हैं
और हाथ भी
और एक प्यार करती देह की
वह सम्पूर्ण स्निग्धता
जो हर आत्मा का
पवित्रतम पेय है
उसे सब याद है
बस यह किसका श्रेय है
उसे याद नहीं।

ख़बर

कल रात की हत्या की ख़बर
मैंने सुबह सुनी
उसे पक्षी घर-घर पहुँचा रहे थे
उधर घरों में
जीने की खटर-पटर
फिर से शुरू हो गई थी
मैंने लोगों से कहा—
मित्रो!
हमें अगली हत्या के ख़िलाफ़
अभी से जुट जाना चाहिए
पक्षियों के शोर में
अपनी पूरी ताक़त के साथ!

शुरू करो खेला

पैसा न धेला
जाना अकेला
रस्ता न सूझे
कोई भूखा न बूझे
लगा लोगों का मेला
पक गया केला
जाना है दूर
शुरू करो खेला
पैसा न धेला
जाना अकेला।